KB211814

재주의 즐거운 생활 분투기

# 엎드려
# 사느니
# 서서
# 죽겠다

# 엎드려 사느니 서서 죽겠다

재주의 즐거운 생활 분투기

ⓒ 재주 2019

| | | | | |
|---|---|---|---|---|
| 초판 1쇄 | 2019년 9월 30일 | | | |
| 지은이 | 재주 | | | |
| 출판책임 | 박성규 | 펴낸이 | 이정원 | |
| 편집주간 | 선우미정 | 펴낸곳 | 도서출판 들녘 | |
| 편집진행 | 이수연 | 등록일자 | 1987년 12월 12일 | |
| 디자인진행 | 김정호 | 등록번호 | 10-156 | |
| 편집 | 박세중·이동하 | 주소 | 경기도 파주시 회동길 198 | |
| 디자인 | 조미경 | 전화 | 031-955-7374 (대표) | |
| 마케팅 | 김신 | | 031-955-7381 (편집) | |
| 경영지원 | 김은주·장경선 | 팩스 | 031-955-7393 | |
| 제작관리 | 구법모 | 이메일 | dulnyouk@dulnyouk.co.kr | |
| 물류관리 | 엄철용 | 홈페이지 | www.dulnyouk.co.kr | |
| ISBN | 979-11-5925-458-1 (03810) | CIP | 2019036926 | |

이 도서의 국립중앙도서관 출판예정도서목록(CIP)은 서지정보유통지원시스템
홈페이지(http://seoji.nl.go.kr)와 국가자료공동목록시스템(http://www.nl.go.kr/kolisnet)에서
이용하실 수 있습니다.

재주의 즐거운 생활 분투기

# 엎드려
# 사느니
# 서서
# 죽겠다

들녘

사실 이해가
잘 되지 않았다.

그런 거 하지 말라고
할 땐 언제고...

그래도 일단 하라는 건
다 했다.

날 이상하게
볼지 몰라...

혼자가 되는 게
무서워서...

따돌림 당하면
어쩌지...

나만 도태되어버릴까 봐
무서워서...

정말 내 인생을 살기
시작한 건 스무 살이 되고
나서부터다.

왜 그랬냐구요?

이건 아닌 것 같다고 생각
하면서도 남들과 다른 길을
가는 게 무서웠다.

그렇지만 이제
그냥 참고
버티기는
못 하겠어!

실제로 때론 외톨이가 되기도 했고,

많은 잔소리를
들어야 했다.

네가 바른 사람 된 거 같고 그렇지?
그냥 적당히 비슷하게 살아.

# 차 례

내가 동네 북이야!?

# 즐거운 아르바이트 생활

13

바로 아르바이트를 시작했다.

> 오늘부터
> 첫 출근이다!

> 첫 아르바이트를
> 오락실에서 하게 될 줄은
> 몰랐는데?

> 열심히 해보자!!
> 실수 없이!!

그렇게 해맑은
아르바이트생이
한 명 추가되었다.

> 최고의
> 아르바이트생이
> 돼보자!!

다들 일하면
투덜거리던데...

내가 이상한 건가,
운이 좋은 건가?

다들 툴툴거리기
바쁘던데...
이상하네...

왜 나는 일을 하는데
이렇게 마음이 좋지?

그랬다. 사회 물정 모르는
똥멍청이가 탄생한 것이다.

내가 왜?
뭐?

오랜만에
친구를 만났다.

여~ 오랜만!!
대학 생활은 어때?

그냥 그렇지.
알바는 할 만해?

그럼!! 세계 최고의
아르바이트생이지
나는!!

세계 최고의
미련퉁이가 아니고?

응? 돈 받고 일하니깐 무조건 열심히 해야 하는 거 아냐?

그래, 열심히 해, 열심히. 아주 좋지 열심히.

하하하하

뭐야... 싱겁게...

그땐 그 말뜻을 몰랐다. 정말 애송이였어... 난...

정말 좋은 게 좋은 걸까

뭐야... 애인 있으면
커피 못 타 마시나?

이번은 가져다
드릴게요. 자리에
앉아 계세요.

고마워 알바생~
맛있게 부탁해~

알바생 주제에...
가자~

그래... 좋은 게
좋은 거겠지...

그런데 한 번의 친절이
문제가 되기 시작했다.

자~ 이제 좀
쉬어볼까?

헤이~ 알바~
오늘도 커피
맛있게 부탁해!

손님, 커피는 셀프예요.
지난번에 말씀 드렸는데...

좋은 게 좋은 거지~
부탁할게 알바생~

23

...

아냐! 이러면 나도 똑같은 사람이 될 뿐이야.

직접 가서 이야기하자. 알아들으시겠지.

사장님은 좋은 사람…?

사장님은 좋은 사람이다.

재수하면서 일하는 거야? 힘들겠네.

여기 일 편하니까 공부도 하면서 해. 쉬엄쉬엄하고.

모르는 거 있음 문자하고, 일 생기면 전화하고!

네~ 알겠습니다.

나 들어간다! 아! 오락도 가끔 해!

스트레스 많이 받잖아, 재수하느라.

29

사장님이 도착했다.

이제 됐다.

아이고, 사장님이셨어요! 죄송해요, 알바가 실수를...

누구에게 죄송하다는 거지...

무례한 일을 당한 건 저 아저씨가 아니라 난데...

죄송해요~ 알바가 초짜라 선생님을 못 알아봐서~

흠.

믿었던 사장님은 없었다.

너 뭐 하는 놈이야!!

저 사장님이 얼마나 중요한 손님인데!! 아오! 미치겠네!!

다시 안 오시면 어떻게 할 거야!! 네가 책임질 거냐고!!

어디서 저런 게 들어와서 가게를 망쳐놓는 거야!!

사장에게
나는 안중에도
없었다.

어쨌든 돈이 급하니
일은 해야겠고,
이번엔 사람과 부딪힐 일이
없는 일로 알아보자.

급하게 필요하니까
일당제로 알아봐야지!

찾았다!
조건에 맞는
아르바이트!

이번엔
'택배 상하차'
아르바이트다!

탁!

그래도 도망갈 수는 없네

42

그렇게 한 달을 버텼다.

모두
수고하셨습니다~

아 이걸 벌려고
내가 그 개고생을...

그래도
뿌듯하긴 하네!!
고생해서 번
돈이라!

근데 다음엔
좀 덜 고생해서
벌고 싶다, 돈...

매일 약에
파스에
또 병원에...
하...

하하하

남는 게 없네...
그렇게 일했는데...

45

그래도 아르바이트는 해야 했다.

학원 다니려면 돈 벌어야 해... 가자, 면접 보레!!

안녕하세요~ 야간 아르바이트 면접 온 재주입니다!

음... 편의점은 처음이네. 그래도 성실할 것 같네~ 내일부터 나와요.

괜찮죠? 물어볼 거 있어요?

아, 그럼 시급은 얼마에요?

초보니까 5000원. 3개월 지나면 500원 올려줄게.

그날도 어김없이 돌아온 출근 시간.

다녀올게요~

자! 오늘도 기합 넣고 즐겁게 일하자!!

평소와 같은 하루였다.

그 남자가 편의점에 들어오기 전까지는.

사고, 그 후의 이야기

잡기 힘들단 경찰의 말은
사실이었다.

이런 말은
참 잘 지켜...
분하다, 분해.

분한 마음보다 더 무서운
한 가지는...

어서 오세요.

사고 후에도
똑같은 일을
해야 한다는 것

딩동

안녕~
우리 알바생
고생하는구나~

일은 행복의 조건이라고 생각한다.

경제력이 행복에 미치는 영향은
대단하기 때문이다.

하지만 사회에
첫발을 내딛은 나에게...

일과 행복은 절대 닿을 수
없는 평행선 같았다.

오늘도 제발
무사하게만
넘기자...

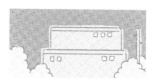

재수를 위해 시작한 아르바이트로 사회에 첫발을 내딛은 나는 많은 기대를 했다. 드디어 어른이 된다는 생각, 또 일을 통해 돈을 벌어 내가 하고 싶은 일에 도전할 수 있다는 뿌듯함. 그러나 내 생각이 짧았던 걸까... 사회는 그리 만만한 곳이 아니었다. 정해진 규칙 따위는 단번에 무시되고, 아르바이트생이라는 신분은 사회의 가장 낮은 하층민 같은 대접을 받기 일쑤였다. 난 일을 하면 행복할 줄 알았다. 진정한 어른으로서 많은 것을 누릴 수 있을 줄 알았다. 하지만 얼마 지나지 않아 일과 행복은 닿을 수 없는 평행선처럼 느껴지기 시작했다.

대학에서 기다리고 있던 것

캠퍼스의 낭만을 꿈꿨다.

대학 생활 너무 기대된다!!

대학 생활의 낭만_____
동아리 활동...

우리 동아리에 들어줘!!

연애도...

그러나...

너 이 새끼, 선배 안 보이냐?

이 새끼야~

그러니깐 전체 대면식 날...

말로만 듣던 대면식을 하는구나!

재미있을 것 같은데, 술 엄청 먹이진 않겠지!?

나도 그게 걱정... 술 못 마시는데...

한 선배가 문 앞에 나와 있었다.

...

이 새끼들이! 뭐 하는 거야!

버럭!

선배 봤으면 뛰어와야지!

81

아뇨! 저는
돈으로 주세요.

아니 뭐! 성과가
있어야 돈을 주지~

무슨 말씀하시는 거예요.
기본급에 대한 건
주셔야죠, 그건 성과와
상관없는 거잖아요.

제가 일을
안 한 것도 아니고!

몰라~ 안 받을 거면 가. 신고를
하든지 마음대로 하고.

알겠어요!

제가 어떻게 해서든 받을 테니깐 기다리고 계세요.

부르르

뭐 해, 미쓰 김! 나가서 소금 뿌리고 와!

착

착

**노동청에 신고한 후 기다렸다.**

내가 일한 대가를 받겠다는데 뭐가 이렇게 복잡해...

하...

**기다림을 참다가 직접 받으러 가기로 했다.**

엄마 돈 받으러, 아니 학교 다녀오겠습니다.

씩씩

더는 못 기다리겠다.
직접 받고 말지!!

안녕하세요~
잘 지내셨죠~
보름만이네요.

??? 뭐야...
네가 웬일이야,
여기에!

헉!!

월급 받으러 왔죠.
신고를 해도
묵묵부답이고 해서.

왜 오겠어요, 여길.
월급 주세요.

방긋 방긋

94

야~ 신병, 빨래하러 가자. 얼른 나와~

오늘따라 손목이 왜 이렇게 아프지... 아...

하... 이 자식이 누굴 바보로 아나.

저는 다 해서 먼저 들어가겠습니다. 천천히 하십시오!

씨익

열심히 할 땐 열심히.

집중-

열심-

그리고 분교대에
교육을 가게 되었다.

가서 우리 부대 얼굴에
먹칠만 하지 말고 와라 제발...
사고치지 말고.

넵!!

사단에서 3등까지만
하면 포상휴가 주는데
알아서 열심히 합니다!

제발 걱정 좀
하지 마세요~

ㅎㅎㅎ저 사단 2등!
포상휴가 당첨!!

쨔잔-

쨔잔-

거봐! 알아서 한다고 했잖아.

105

수상한 아르바이트

**새로운 아르바이트 시작!**

딩동-

딩동-

저 오늘부터 일하기로 한 재주입니다.

아~ 왔어요? 저 CCTV 좀 한번 봐줘요~

네, 알겠습니다.

재주 씨? 진짜 왔네?

전역하자마자... 아... 들어와요.

뭐야... 이거 담배 연기야??

저기 짧은 머리는 옥천. 조폭 은퇴하고 농사짓는대.

아 그럼 저 사람은 누구에요?

저 중에 제일 날 티 나는 저 아저씨,

저기 저 검은 티에 구렛나루 기른 아저씨요!

저 사람? 여기 사장님.

헐!! 꼬르륵...

부장님, 여기서 돈 따 가는 방법은 없는 거죠?

있지!!

여기서 돈을 따는 유일한 방법!!

오! 가르쳐주세요!! 뭔데요?

여기 들어오지 말든지, 돈 따자마자 나가면 돼!

뭐예요~ 너무 당연한 거잖아요...

저 사람들을 봐... 그 당연한 걸 못하잖아.

맞는 말이었다.

들어오면 절대 못 나가는
개미지옥 같은 이곳.

와~

와~

축하해요~

그러네요. 얘기해보면 손님들도
이미 다 알고 있는데...

그렇다니까...

그리고 개미지옥에 완벽히 걸린 사람들...

아무리 손해라고 해도

116

하지만 나에게도 절박하게 필요했던 돈...

이 일을 그만두면 등록금 못 모아서 또 복학을 미뤄야 할 텐데...

하...

이러지도 못하고, 저러지도 못하고...

너 요즘 뭔 딴생각해? 그냥 일만 해, 인마. 돈 필요하다며.

아... 네...

하지만 이미 무거워진 마음을 안고 일을 하는 것이 쉬운 일은 아니었다.

하... 어쩌지...

언제나 제도권에
도움을 요청했다.

분명히 최저임금이
정해져 있는데,
최저임금을 주는
곳이 없네...

저 찌르고 도망간
범인 좀 잡아주세요!

죄송해요... 잡기
힘들겠어요.

거기 노동청이죠!
월급을 안 주고 상품으로
주려고 해요.

되는 게 하나도
없네... 망할...

어휴~아직도 법
지키면 손해라는 거
모르겠어? 너도
요령껏 좀 해.

하지만 돌아오는 대답은 항상 만족스럽지 않았고,

119

오락실은 할 만했다.

대우는 다른 알바와
비슷했다.

재주야~ 여기
자리 잡아놔라~
3시간.

하지만 보상은
확실히 달랐다.

최저임금을 받아
본 적이 없는데...
와... 이게 얼마야...

헐!

좋아! 이대로면
등록금도
문제없겠어!!

역시!! 역시
돈이 최고야!

다시 보통 아르바이트를
시작했다.

최저임금이
무엇이냐...

최저임금 주는 데가
왜 이렇게 없어!!!

읏차!

하... 계속 오락실에서
일했으면 벌써 등록금
다 모았을 텐데...

후...

어휴... 내가 미쳤지...

아이고...

아냐... 그래도 지금이 나아...

**엄마와의 대화가 떠올랐다.**

엄마, 꼭 정직하고 바르게 살아야 할까?

그래서 뭐가 남아? 범법자들이 더 잘사는 나라에서?

씨-

맞아, 그렇지. 그래도 엄마는 안 부러워.

엄마는 저 사람들보다 마음이 부자야!

역시.

착실하게 모아
등록금을 마련했다.

와... 드디어... 겨우
등록금을 모았더니
복학이네 이제...

해외여행을 한 번
다녀오고 싶었는데...

등록금뿐이라니.

하...

나도 비행기라는 걸
타보고 싶다.

언제쯤 돼야
이루어지려나,
이런 꿈은...

다니던 오락실의
소식도 듣게 되었다.

뉴스입니다.

대전의 오락실에서
흉기 사고가
발생했습니다.

많은 돈이 오가는 만큼
우발적 범죄가 빈번하게
발생하고 있습니다.

POLICE LINE

헐... 저기 내가
일하던 곳 같은데...

ㄷㄷㄷ

**밖으로 나왔다.**

일이란 무엇일까... 뭘 해야 만족할 수 있을까?

아르바이트는 시급이 너무 부족했고...

오락실은 떳떳하지 못했고...

하...

이런 고민들은 저 사람들처럼 직장에 다니면 해결되는 걸까?

그래도 동기가 있다.

오늘 한잔?
콜?

좋지~

학교 적응 왜 이렇게 어렵냐...군대 갔다 온 것뿐인데...

그러니까... 이건 뭐... 낄 수가 없네...

크흑...

아, 그나저나 너 이번에는 학교 잘 좀 다녀. 1학년 때처럼 다니지 말고...

응응, 그래야지.

이제 우리가 예비역 인데 그런 악습 같은 건 없는 거 아냐?

우리가 군대 다녀오면 다 바꿀 수 있는 거 아니냐고?

친구야... 그게 그렇지 않아... 우리가 군대에 다녀와서 복학한 것처럼 선배들도 먼저 복학해서 다니고 있어... 우린 예비역 막내야...

하핫...

뭐야? 또 그런 걸 당하고 살아야 한다고?

야... 그래도 좀 참아가면서 다녀봐. 그래야 졸업하지, 너...

아... 몰라... 봐서... 아오... 술 땡겨.

오늘 예비역 모임이야.
한 명도 빠지면 안 된다...

그러나
그 이후에도...

군대
잘 다녀왔나!
잘 복학했다!!

우리 예비역의
임무가 중요하다!!

우리가 군기를
잡아줘야
학교가 돌아간다!!
알겠나!

특히 여자애들을
확실히 잡아야 돼!!
알겠어?!

잡긴 뭘 잡어... 어휴...
너를 잡고 싶다...

후...

133

부딪히는 게 생겼다.

야! MT 준비 안 해? 애들 장기자랑 검사했어? 교수님, 선배님 들 오신다!

뭐라도 좀 해봐!!

네!

야! 집합시켜! 뺑뺑이 돌리라고!!

기합 반대요. 저는 빠지겠습니다.

너 이런 식으로 계속 예비역에서 빠질래?

네, 전 빠세요.

137

이건 내가 원했던 대학 생활이 아냐

그렇게 찾아온 첫 공모전 결과 발표일...

기대하지 말자. 처음이니까!! 그래도 떨리는군...

ㄷㄷㄷ

헐!!

금상에 상금 200만원!!

상을 받고 공모전에 재미가 붙었다.

강백호가 농구 천재라면 난 공모전 천재다!!

후훗!

눈에-보이는 공모전은 다 했다.

광고 포스터, 캐릭터 디자인, 영상 디자인, 마케팅 공모전... 좋아, 다 도전!

141

대학 생활...

많은 기대를 했고,

무너졌던 시간들...

다시 쌓으려 노력하며 바쁘게 살았다.

이제 끝났네~

143

나는 졸업식하고는 인연이 없는 모양이다. 그래도 대학교 졸업식에 대한 로망은 있었다. 나도 한번쯤은 졸업식에서 학사모를 쓰고 부모님과 함께 활짝 웃으며 사진을 찍고 싶었다. 하지만 그런 기회는 허락되지 않았다. 졸업 작품 심사에서 탈락했기 때문이다. 사실 그럴 만했다고도 생각한다. 마지막 학기에도 공모전만 열심히 했다 뿐이지, 학과에서 하는 전시회며 과제들은 제대로 한 적이 없으니.

결국 4학년 2학기에 자퇴를 했고, 그렇게 졸업생이 아닌 수료생으로 대학 생활을 마치게 되었다. 그 사실을 아는 친구들은 나에게 묻곤 했다. 아쉽지 않냐고, 그 흔한 졸업장도 없이 어떻게 살아갈 거냐고 했다. 사실 나도 암담했다. 당시만 해도 졸업장이 있어야만 취업하는 줄 알았기 때문에 걱정도 되었다.

그러나 대학 생활에 미련은 없다. 대학에 다니면서 다양한 경험을 했기 때문이다. 꿈꾸던 프리랜서 일러스트레이터로 데뷔해서 그림으로 돈을 버는 사람이 되었고, 디자인에 대한 미련은 공모전으로 모두 해소했다. 또 사랑도 했고 이별도 했다. 많은 사회 경험을 했다. 이렇게 내가 이룬 것들을 생각하니, 결국 난 대학 생활 중 내가 하고 싶은 건 모두 다 했다는 것을 알게 되었다. 비록 졸업장은 없지만 이만하면 성공적인 대학 생활이지 않았나, 지금도 생각한다.

좋아하는 일을 따라서! 쩜오라이프 시작!

148

준비부터 쉬운 일은 아니었다.

으윽...

포트폴리오를 만드는 게 쉽지 않아... 으으 실력이 너무 부족해.

벌써 시간은 이렇게나 지났는데...

이렇게 해서는 영영 끝이 안 나겠어... 목표를 세우자!

벌떡!

앞으로 1년 안에 내가 원하는 작업을 못 하면 그림 그만두고 다른 일을 찾자!

서울에 올라가서 준비를 하기로 했다.

서울 가서 학원도 다니고 제대로 준비해보자! 1년만!

열심히 준비했다.

계속 그리자.
원하는 그림이
나올 때까지...

약속했던 기간 중에
좋은 작업도 하게 되었다.

오!

○○자동차
사보요? 네,
감사합니다!!

응? 일러스트
잡지에서
인터뷰를?

뭐야~ 뭐야~
이러다 완전
유명해지는 거
아냐?

고시원 생활은 즐거웠다.

오늘은 소야볶음 해 먹어야지~

고시원에서 이렇게 잘 해 먹는 사람이 있을까?

식후 커피는 옥상에서!

꿈도 생활도 만족스러웠다.

그림 일도 꾸준히 들어오고, 고시원도 불편하지 않고! 이만하면 좋지, 뭐.

그렇게 몇 개월 뒤
문제가 생겼다.

돈 벌려고 만든
그림체라 내 그림
같지가 않고,
그림 그리는 것도
재미없어...

너무 그림을
일로서만
생각했어...

낙서하는 건 정말
즐거운데, 작업은
그냥 노동 같아...

물론 그렇게라도 그림 일을
할 수 있는 건 기쁜 일이었다.

하지만
내 그림에 점점
애정이
떨어지는군...

그리고 즐겁지 않은 일은
티가 나기 마련이었다.

그래도 일은 들어오겠지!

인터뷰도 했고, 작업한 것도 있으니깐.

세상을 속일 순 없다.

이게 아닌데... 왜 이렇게 일이 없어...

잠잠...

현실은 암담했다...

싫어도 열심히 작업했어야 하는데, 누굴 탓해... 멍청이...

아늑했던 고시원은 사라졌다.

감옥 같아... 나가고 싶다...

역시 현실은 꿈만으로는
안 되는 곳인가 보다.

실패한
프리랜서로군...

하...

고시원비 내려면 오늘은
일이 들어와야 하는데...

으으으!

일 기다리는 거
너무 지치는 일이다...

악!

결단을 내려야 했다.

그래! 이제 그만하자.
학자금 대출 때문에라도
더는 무리야.

빚이 없어야 마음 편하게
다시 도전할 수 있겠지!
아... 그래도 뭔가
기분이 좀 이상하네!

이제 간다!
고마웠어! 202호!

마음을 정하고 내려가는 거였지만
편하지는 않았다.

서울에서 쫓겨 가니
패배자가 된 것 같았고...

대전

늘 신나던 고향 가는
길이 신나지 않았다.

목표를 이루려면
얼마나 걸릴까?

아...
집에 가기 싫다.

엄마, 나 왔...

아이고! 이제 오니.
우리 재주 고생 많았다.
고생 많았어!

엄마...

잠시 길을 잃다

대전에 내려가서는
학자금 대출만 신경 썼다.

1년이다.
1년 안에
다 갚는다.

들어오는 일은 모두 했다.

네, 일정
괜찮아요.
작업해서 보내
드릴게요.

일한 거 들어왔다!
입금 날 가는 곳은
정해져 있지!

그곳은 은행.

학자금 대출 상환하려구요~
우선 이만큼만 먼저
상환해주세요!

그렇게 1년 후.

헐!! 대박!! 대박이네, 진짜!

ㅎㅎㅎ.

진짜 1년 안에 다 갚을 줄 몰랐는데... 넌 진짜 내 친구지만 독하다 독해...

ㄷㄷㄷ

빚이 없어야 하고 싶은 걸 하지...

이제 학자금 대출 신경 안 쓰고 도전할 수 있어!! 제로니까 10원을 벌어도 플러스야!!

ㅎㅎㅎ

어휴... 이제 좀 안정됐잖아... 그놈의 줄기찬 꿈 타령~!

그래! 너는 잘할 거야! 힘들면 연락해. 술 한잔 사줄게!

꿈을 이룬다고 했지만
그러지 못했다.
다른 일이 잘됐기
때문이다.

수익이 가면 갈수록
늘다니!! 내 인생에
이런 일이 있을 수
있을까!!

늘어나는 수익에
점점 돈에만 욕심이
생겼다.

이럴 때
한 푼이라도
더 벌어서
모아놓자!!!

ㅎㅎㅎ

하지만 행복과는
멀어졌다.
분명히.

젠장 밤새도록 일해서
벌면 뭐 해! 쓸 시간이
없는데!

악!!

노력보단 수익에
기분이 움직였다.

어휴 멍청이!!
수입 하나 못 지키고
대체 제대로
하는 게 뭐냐!!

퍽-
퍽-

행복을 선택하긴 했는데...
뭐가 진짜 행복인지는
몰랐다.

어떤 게 행복인가?
진짜 행복이
대체 뭐야...

모아놓은 돈을 써봤다.

나는 이건 무리...
심장 떨려서...
못 사겠다... 이런
행복은 탈락...

그때 우연히 본
영상 한 편.

뭐야... 이 부부...
뭐 이렇게
행복해 보여?

제주에 사는 젊은 부부 이야기였다.
행복을 찾아 서울을 떠났다는 부부의 이야기.

제주에서 하던 일을 모두 멈췄다.

학자금 대출 갚기 위해 돈 번다면서 다 갚고도 아무것도 안 보고 일만 했지.

돈뿐이었어, 그때 나에게는.

근데 멈추고 나니 이제 다른 게 보이기 시작하네...

평소에는 그냥 지나쳤던 길가의 꽃들.

계절을 알리는 높은 하늘과 기분 좋은 바람.

이게 행복인지는 잘 모르겠어, 사실.

그래도 왜 여유가 중요한지는 알 것 같아. 또 그럼 뭔가 보이는지도.

행복이 뭔지는 몰라도 지금이 그냥 좋다.

**약속한 시간이 다 되었다.**

이제 제주 생활도 끝나가는구나.

제주에서 내 재주로 먹고살 수 있으면 얼마나 좋을까?

제주에서 제주로? 제주? 좋은데! 이걸 필명으로 써야겠다, 이제!!

언젠가 그럴 수 있는 날이 오겠지. 난 말의 힘을 믿으니까!

**제주에서의 마지막 날.**

6개월간의 제주 생활에서 내가 얻은 건 뭘까?

우선 몸과 마음의 건강! 그리고 깨달았어!!

행복은 멀리 있지 않다는 거..

내가 원하는 삶의 방향.

고맙다 제주야!

6개월의 제주 생활이 끝났다. 마지막으로 그동안 자주 다녔던 산책 코스에 갔는데, 그때 '제주에서 내 재주로 먹고살 수 있었으면 좋겠다'라는 생각을 했다. 그렇게 '재주'라는 필명을 짓고 지금까지 활동을 이어오고 있다.

그렇다면 제주 생활이 나에게 남겨준 건 무엇일까? 우선 많은 스트레스에서 해방되었다. 하루하루 수익만 생각하던 삶에서 자유로워지니 스트레스가 사라졌고, 마음의 여유가 생기니 그리고 싶은 것들이 많아졌다. 또 꾸준히 운동을 하면서 몸도 건강해졌다. 매일매일 트레이너 선생님과 함께 운동했던 건 좋은 습관이 되었고, 나는 아직까지도 운동을 즐겨 하고 있다.

그리고 제주에서의 생활은 앞으로 내가 살아가야 할 삶의 모습에 대해서도 많은 생각을 하게 해주었다. 내 삶에서 무엇이 중요한지,

원하는 삶을 이루기 위해서는 무엇을 해야 하는지 깊이 고민했다. 또 인생은 속도보다는 방향이 중요하다는 걸 다시 한 번 깨달았고 조금 늦더라도 방향을 잘 잡아야겠다고 다짐했다. '말의 힘을 믿는다'라는 만화 속 구절처럼 난 내 꿈을 사람들에게 더 많이 이야기하게 되었다.

   그래서 독자님들에게도 만화를 통해 자꾸만 나의 꿈과 삶의 방향에 대해 이야기하게 되는 것이 아닐까, 라는 생각이 든다. 물론 내 인생이 아직 완전히 말처럼 이루어진 것은 아니지만, 적어도 나의 삶은 천천히 내 꿈을 향하여 나아가고 있다. 나는 결국 내가 원하던 삶을 살게 될 것이라고 믿어 의심치 않는다.

행복하고 안정적인 삶을 위해서

우당탕탕 즐거운
초보 직장인 생활

자신은 없지만… 일단 도전, 취업 전선!

학생 때 제일 많이 듣던 말.

야...우리 초봉이 얼만 줄 아냐? 2000도 못 받는 경우가 있다...

헐!

헐... 진짜? 등록금은 제일 비싼데 연봉은 최하위네?ㄷㄷ

내 자식은 절대 미술 안 시킨다! 그림 잡으면 연필을 아주 부러뜨려버린다! 진심!!

깊은 빡침!

하지만 친구의 말을 믿진 않았다.

에이... 설마...

흠...

근데 진짜였다...

하...

일단 들어가는 게 목표라고 하긴 했지만... 하... 이걸로 생활이 될까...

이건 뭐 알바 수준 아닌가? 아니지, 야근수당도 없다고 했으니... 더 적은 거네...

아니 근데 수 년 전에 들은 초봉인데 아직도 똑같다는 게...

쓰읍

뭐 그래도 급한 사람이 우물 판다고...

지금 내 상황이 이 정도인데... 어쩌겠어...

하핫~

**마음이 급했다. 연락이 안 올 것 같았거든.**

연락이 올까... 나한테...

면접 기회가 왔다.
오예.^^

연락이 오다니...
물론 한 군데뿐이지만
면접이다, 그래도.

재주 씨?
맞죠?

네... 오늘
면접 보러 온
재주입니다.

재주 씨! 그림이 너무 좋아요!!
그동안 어디 있었죠?

재주 씨 그림을
애니메이션으로
만들고 싶어요!

진지-

우리 회사에서
같이 일해요.

우리 회사 좋아요, 재주 씨. 애니메이션 회사에서 이 정도면 뭐~

그리고 여기서 일하다 재주 씨 그림으로 애니메이션 만들어봐요!

신입한테 그런 기회 주는 회사? 없어! 대한민국에는!

아-

같이 일합시다. 당장 다음 주부터 출근 어때요?

후훗~

네?

아주 당황스럽게 출근이 결정되었다...

좋게 봐주셔서 감사합니다. 그럼 다음 주부터 출근해볼게요.;;

직장 생활이 시작되었다.

아... 출근해야지... 망할...

아... 오늘은 제발 앉아서 갔으면 좋겠다.

오늘은 평소보다 일찍 나왔으니까 어쩌면!!

그럴 리 없지 인마.^^

역시나...

출근하기도 전에 기운을 모두 다 쓴 느낌이야... 다들 그렇겠지?

근데 왜... 행복을 얻기 위해선 감내해야 하는 게 많은 걸까?

왜 치사하게 고난을 함께 주냐고. 난 극적인 행복은 필요 없는데.

**그렇게 시작된 회사에서의 일과.**

아, 어렵다... 직장에서의 일은 또 다르네 역시...

으으 모르겠다. 감독님께 물어봐야지.

아~ 뭐 사지? 세일 기간인데~

룰루~

룰루~

계속되는 야근...

일상의 행복을
지키려고 취업한 건데...
일상이 없네...

연봉 2000에
세금 떼고, 생활비에
공과금에...

아냐, 아끼며 산다고 쳐.
근데 더 큰 문제는
따로 있어...

매일 하는 야근에 개인
작업은커녕 일상을
느낄 여유도 없잖아...

어? 호빵?

퇴근 후 저녁 시간만 바라보고 일을 하는데,
그 시간이 없다면 무슨 의미가 있을까?

이러면 철없단
소리만 들을 테지...
어디 먹고살기
쉬운 줄 아냐고...

하지만 난
퇴근 이후의 시간이
제일 중요한걸...

원래 꿈 같은 거 꾸면
안 되는 건가? 그나저나
호빵 맛있네.ㅎㅎ

으으으, 내일도 보나마나
야근인데... 싫다... 정말...

으으 싫다! 싫어!!

참을성 없는 게 아니라 잘못된 걸 거부하는 것뿐이라고

회사에 다니면서는
나를 지우려 했다.

먹고사는 게
어디 그리 쉬운
일이더냐...

그래...
직장 생활만큼은
무난하게 해보자...
무난하게만...

최대한 비슷한 사람이 되려고.

다들 그렇게 산다고 말했으니까, 세상이.

그래도 너무 힘들다... 사람마다 감당할
수 있는 정도가 다 다른 거잖아...

186

그리고 여느 날과 같이 야근하고 집으로 돌아가던 날.

제대로 퇴근해본 적이 있기는 했나...

아... 그만둘까... 다들 참으라고 그러던데... 다 그런 거라고... 그게 어른이라고...

그럼 난 아직 아이인 건가... 어른이 될 수는 있을까...

후~

그런 게 어른이라면 안 하고 싶다...

그만둔단 소리하면 또 못 참냐고 언제 철들 거냐고 하겠지... 다른 곳에서는 참을 수 있냐고...

근데 참을성이 없는 게 아니고 '잘못된 곳에서 벗어난다'고 하는 게 맞지 않나?

그나저나 좋은 곳에 갈 수 있을까? 내가?

그때 그런 생각이 들었다.

멈칫

왜 자꾸 졸업장 없다고 스스로 날 낮추지? 난 대신 다른 일을 많이 했는데!!

프리랜서 경력도 있고 공모전 수상 이력도 있고. 포트폴리오를 다시 만들어보자.

다시 이곳으로 돌아오게 된다 해도.

188

인수인계를 마치고 드디어 그만뒀다.

덜컹-

덜컹-

그만뒀다고 행복하기만 한 건 아니다.
불안한 마음이 늘었다.

덜컹-

덜컹-

덜컹-

그래도 텅 빈 지하철. 덜컹거리는 소리도 좋다.

아! 여유 있는 시간.

덜컹-

덜컹-

덜컹-

으으으으으~ 놓치기 싫다! 여유라는 놈!!

덜컹-

덜컹-

덜컹-

그저 상식적으로 일하고 싶을 뿐이야

하지만 마냥 여유를 즐기고만 있을 순 없다.

여유를 지키는 데는 돈도 필요하지!

그러니까 나는 여유만큼 돈도 좋아.

맛있는 거, 좋은 거, 예쁜 거 사려면 돈이 필요하지!! 돈 만세!

만세-

돈을 내려주소서!!! 펑펑 내려주소서!!

포트폴리오는 빨리 만들었네! 이제 다시 취업 전쟁이군!

아 그치. 뭐 열심히 해봐야지!

**친구를 만났다.**

재주야, 네가 가고 싶은 회사는 어떤 곳이야?

가고 싶은 회사?

능력만 있다면 가고 싶은 회사 따위 없을 텐데~

하하핫

장난치지 말고~ 말해봐~

음... 상식적인 곳? 상식적으로 일하는 곳?

면접 연락이 왔다.

크~ 이런 회사에서 연락이 오다니!!

업무도 내가 하고 싶었던 업무, 자율출퇴근, 필요시 재택근무, 스터디 지원...

식대 무제한, 동아리 활동 지원... 이건 뭐 너무 좋잖아. 진짜 꼭 됐으면 좋겠다.

안녕하세요. 면접 약속한 일러스트레이터 재주입니다.

안녕하세요. 반갑습니다. 디자이너 예슬입니다.

안녕하세요. 디자인 팀장 김준입니다.

새로운 캐릭터를 만들어주세요.
기존 캐릭터와 투표해서 이기시면
정직원 채용 약속합니다.

아~ 저야 더 좋죠,
뭐. 기존 캐릭터와
투표가 쉽진
않겠지만...

열심히 해보겠습니다.
제가 이기면
되는 거니까.

면접 분위기는 좋았다.
사람들도 공간도 전부
마음에 들었다.

하늘이 주신 기회다.
쉽진 않겠지만 이런
회사를 어디서 찾아...

아자자잣!!

반드시 내가 이긴다!!
가자! 당장 작업이다!

회사 분위기가
정말 좋았다.

하핫-

재주 님 그림
너무 귀여워요!!

점심에는 너무
맛있는 것만 먹어
살이 찔 정도...

처음 오시면 식탐이 생겨서
다들 살이 찌시더라구요.

회의에서도 소통이 정말 잘 되었다.

왜 이렇게
좋은 경험을 이제야
하게 되었을까?

진작 이렇게
좋은 사회 경험을
했더라면...

가지지 않았어도
될 나쁜 마음들이
생기지 않았을
텐데...

흠....

물론 나쁜 경험을 했다고 모두 다 나쁜 마음을
갖는 건 아니겠지만 적어도 난 그랬으니까...

모두가 이런 좋은
경험을 할 수 있다면
진짜 좋을 텐데...

그럼 자연스럽게
좋은 마음이
생길 텐데!!

아냐, 그것도 중요하지만 그게 다는 아냐! 어떤 일을 하느냐도 중요한 것 같아!

하루 중 일하는 시간이 얼마나 많은데 일을 빼놓고 행복을 생각할 수는 없지.

회사에서는 즐겁게 일하고 또 그만큼 보람도 챙기고.

또 여기서는 일상의 행복도 놓치지 않을 수 있으니까!

그래서일까? 일에서의 행복과 일상에서의 행복을 모두 느껴보니 어느 것 하나 놓치고 싶지 않아진 건가?

그래!! 절대 못 놓치지!! 자, 가자! 책상 앞으로! 기존 캐릭터 박살내러!!

투표가 시작되었다.

결과가 어떻게 되려나...
이기고 있나... 지고 있나...
으으 궁금해...

들어가서 현황을
보면 되지만...
아... 보기가 쉽지
않네...

으으, 이 애가 타는
느낌... 너무 싫다...

재주 님 걱정 마요!
잘 될 거예요!!

그래요! 걱정 마요 재주 님!!

투표가 시작되고
퇴근하는 시간 내내
기도를 했다.

이 세상 모든 신님들
한 번만 도와주세요!
겨우 행복을 찾았는데
눈앞에서 놓치긴 싫단
말이에요!

제발!!

투표 마지막 날.

아 씨!! 걱정돼서 한숨도 못 잤네.ㅜㅜ 이게 뭔 고생이야.

으윽-

이겼을까... 졌을까... 난 맘에 들었는데 내 캐릭터...

이미 내 손을 떠난 일... 하... 어찌 되었건 간에

결전의 날이다.

두둥!!

그래, 뭐, 계약문제도 있고 하니까 따로 이야기하겠지.

불안- 불안-

...

죄송합니다. 투표에서 이기셨지만

정직원 약속을 지키긴 어려울 것 같아요.

그게 무슨 말씀이시죠?

깜짝!!

그게 저희 회사에서 재주 님이 하실 수 있는 역할이 작아서... 정직원은...

아니! 그럼 뭐 하러 그런 말씀을 하신 거죠? 원래가 프리랜서 프로젝트였는데?

묵묵...

제 얘기 좀 들어보세요. 그래서 말인데 정직원 대신

전속 프리랜서로 일해주시면... 어떠세요? 재주 님!!

흐흐

어떻긴 뭐가 어때요! 일이 없다고 해놓고 무슨 전속 프리랜서예요!

됐고! 저는 대표님이랑 얘기할게요.

버럭!!

프로젝트 시작할 때 기존 캐릭터와 투표해서 이길 시 정직원 전환을 조건으로 계약을 했어요. 근데 이제 와서 말을 바꾸잖아요. 디자인 팀장님이.

후룩~

저는 처음 듣는 얘기인데요. 그리고 그럴 만한 이유가 있겠죠.

쓰읍...

뭐라구요?

일어났으니까 신고를 해야지!! 으으!!

다음 날, 일어나자마자 노동청에 전화를 걸었다.

안녕하세요. 노동청이죠? 채용 관련 불이익을 받아서 신고하려고 전화했어요.

혹시 계약서와 녹취 내용이 있을까요?

처음 프로젝트에 대한 계약서는 있지만 조건부 정직원에 대한 계약서는 없어요...

그럼 정직원 전환 조건 관련해서는 증거가 아주 없는 거네요. 그럼 도와드리기가...

아... 혹시 청년취업지원금 관련도 안 될까요? 지원금만 받고 3개월 만에 이런 결정을 한 건데...

네, 청년취업지원금 관련해서는 도와드릴 수 있을 것 같아요. 결국 지원금만 받은 거네요, 회사는...

가장 나쁜 건

하... 씨...

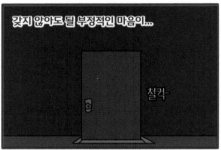

갖지 않아도 될 부정적인 마음이...

철컥-

내 마음에 자리잡는 것.

하... 열 받아...
왜 나한테만...

벌떡-

난 그 말을 제일 싫어한다. "젊어서 고생은 사서도 한다"라는 말.
이 말은 너무 가혹하다. 아니 왜 대체 고생을 사서 해야 한단 말인가?
겪지 않아도 될 고생스러운 경험은 겪지 않는 게 제일이다. 하지만
이 말 때문에 우리 같은 청년들의 고생이 마치 당연한 공부라도
되는 것처럼 여겨지는 게 무척이나 불편하다. 나는 사회생활을 하면
할수록 배우는 것보다 잃어버리는 게 더 많았다. 무엇보다 겪지 않아도
될 경험을 하면서 내면이 온통 부정적인 마음들로 가득 차는 것이
제일 큰 손해였다. 꿈 많던 시절 마음속으로 그려보았던 알록달록
오색찬란한 사회는 점점 꿈도 희망도 없는 무채색으로 변해갔고,
그와 함께 내 마음도 점점 어두워져만 갔던 것 같다.

넘어지고 쓰러져도 다시 일어나는

# 즐거운 오뚝이
# 직장인 생활

다 털어버리고 새롭게 시작!

안 그래도 살기 힘든 세상에 무조건 편들어주는 사람도 있어야지.

고시원 시절의 이야기를 그리자!! 그때 다들 불행할 것 같다고 해도

난 그 안에 행복이 있다고 믿었고 또 행복을 찾았어.

딱-

그래! 지금 반지하방은 고시원에 비하면 대궐이지!! 대궐!!

ㅎㅎㅎ

그리고 알잖아!! 행복은 누가 대신 찾아주는 게 아니라는 게!! 결국 내가 찾는 거지!

다 털고!! 다시 기운 내자!!

얍!!

**안정된 마음은 일상의 평화를 선물했다.**

따르릉-

따르릉-

벌써 새벽 5시네.
새벽 운동 가야지!
일어나자.

으으-

나만의 생활 루틴이
유지되는
이 안정감!

흐흐

우선 새벽
운동을 하고!!

으랏차차!!!

얼마 후

이제 포트폴리오 정리 다 했으니까 이력서를 넣어야지.

나 스스로도 지방 사람이면서 왜 이렇게 서울에 목을 맬까? 왜?

흠-

**근데 여기서 든 궁금함!**

일을 해도 고시원, 재개발 지역 반지하방을 못 벗어나고 있는데...

왜 버티려고 할까?

난 회사원으로서의 성장을 바라는 것도 아닌데...

이번에는 지역 상관없이 다 지원해보자. 목적 없이 애써 버틸 이유 없으니까.

그렇게 시작된 면접 여행.

ㅋㅋ면접 본다고 전국을 다 다니니 교통비가 많이 드네. 뭐~ 잠깐이라도 여행 간다고 생각하자. 언제 또 가보겠어.

대전, 부산, 제주도에서의 면접을 돌고 돌아 마지막 면접지에 도착했다.

대구는 어떠려나?

대구에서의 면접을
마치고 연락이 왔다.

재주 씨, 출근하기로
하죠. 좋은 인연
만들어봅시다.

급하게
이사 준비를 했다.

대구는 어떤 곳일까?
대구에 대해 아는 건
별로 없는데...

사람 사는 것 똑같다지만
그래도 낯선 곳에서
직장 생활이라니...

그렇게 한 번도 살게 될 거라고
생각해본 적 없는 도시 대구에서의
생활이 시작되었다.

225

다시 한 번
도전해보기로 했다.

사장님, 사직서입니다.
그동안 감사했습니다.

서울로 간다.
확실한 목표를
가지고.

제대로 들어가서 많이
배우고 잘 써먹자!!
도전이다! 도전!

덜컹-    덜컹-

뭐야!!! 또
그만뒀어??

헐!!

야! 너 어쩌려고 그래 진짜!!
네 나이가 이제 몇인데!!!

벌떡!

아...

231

내가 힘들고,
내가 다른 게
하고 싶은데
회사 눈치를
봐야 해?

돌아오는 길,

후회할 수 있지,
지금 내 선택에.

…

뭐 어때, 내 인생
책임지는 건 난데!

그리고 며칠 후
녀석에게 걸려온 전화

어딘데? 알겠어.
좀만 기다려.

뭐야~ 무슨 일이야.

저도 맥주 500cc
하나요. 뭐야~ 왜
갑자기 전화야?

으으~ 진짜
못 해먹겠다!!

다 때려치우고
싶다 정말!!

왜, 힘든 일 있었냐?
누가 뭐라 그래?

아니 대표면 다야!
상사면 다냐고!!
야근도 하루 이틀이지.
야근수당도
안 주면서!!

몸 바쳐 일하면
뭐 하냐! 월차 하나
내가 원하는 날에
못 쓰는데!

네가 잘 생각해보고 결정해.
너무하네, 네가 열심히 하는 건
직원들이 다 알 텐데.

난 알고 있다. 내일이면 언제 그랬냐는 듯
아무렇지도 않게 출근할 친구의 모습을.

234

모든 책임은
내가 져야 한다.

원하는 곳을 찾고
포트폴리오를 그에 맞게
정리해야지!

이력서를 내고,
면접을 보러 다닌다.

안녕하세요.
재주입니다.

불안이 엄습해
오지만 이겨낸다.

괜찮아. 내가 갈 곳은
분명히 있어. 이제 가서
「쩜오라이프」
그려야지.

휴재 없이
100회 연재하기!
내가 세운
목표니까!

빼먹는다고
불안이 사라지는
것도 아니고.

면접 날.

여기구나. 내가 지원한 곳 중에 제일 큰 곳이네... 직원도 150명이나 되고... 잘 볼 수 있을까 면접...

안녕하세요, 재주 님. 면접 시작할게요. 우선 포트폴리오는 잘 봤어요.

나이에 비하면 회사 경력은 적은 편이시네요?

게임이나 애니 분야 경험도 전무하시고?

네, 계약문제로도 그만두고 바로 직전 회사는 보다 그림을 전문적으로 다루는 곳에서 일하고 싶어서 관뒀습니다.

게임이나 애니 분야 경험은 없습니다... 문제가 될까요? 근데 왜 면접을...?

241

어~ 엄마!

아들, 뭐 하고 지내~
왜 이렇게
연락이 없어~

취업 준비 하고 있지~
바빠서 연락을 못 했네
엄마. 잘 지내고
있어!

통화가 끝난 후.

흠...

또 잘못되면...
아휴... 확실해지면
전화해서
말씀드려야지...

본격적인
회사 작업.

아 어렵다... 어려워...
이렇게 어렵다니...
이제 시간이 없는데...

ㅇㅇ-

아직이에요.
아직 제대로 파악을
못 한 것 같아요.

네, 다시 해볼게요.

정말 힘들다. 지금껏
그림만 그렸는데...
이리 부족하다니...

하...

시간은 쏜살같이
흐른다.

아... 끔찍하다...
눈에 보이는 것 같아.
며칠 뒤가...

하...

아무튼 주어진 기간까지는
힘을 다해보자. 그림으로는
까이지 말자!

다가온 인턴 평가 시간

재주 씨,
좀 보죠.

부족해요.
아직 원하는 만큼
나오지 않았어요.

워낙 완벽한
디자인이라서
리뉴얼하기 쉽지
않을 거예요.

예상 못 한 결과는 아니었다.

그래도 다행인 건 요즘 작업에서 가능성이 있어 보여요.

그래서 말인데 한 가지 제안을 하죠.

인턴 기간을 1달 연장해보는 건 어때요?

테스트 기간이 한 달 더 생기는 건가요?

네, 한 달 동안 실력을 보여주세요.
우리 회사 정직원 되는 거 쉽지 않아요.
이런 케이스 거의 드물어요.

네, 한 달간
더 해볼게요.

자, 그럼
계약서 쓰시고,
한 달 더 최선을
다해주세요.

네, 알겠습니다.

한 달 동안 생명
연장인 건가?

잘할 수
있을까?

불안하지 않으려고
취업했는데 여기서도
불안이구나.

새롭게 주어진 한 달.

무조건 만든다!!!
한 달 동안 무조건!!

시간은 이전보다 더
쏜살같다.

헐... 벌써
내일이면 한 달도
끝나네...

인턴으로서의
마지막 날.

하... 어떻게 될까...
통과할 수 있을까?

결과를 들으러 간다.

재주 씨,
좀 볼까요?

고생했어요. 한 달 동안 캐릭터 리뉴얼 작업한 게 마음에 드네요. 앞으로도 함께합시다.

정말 세계적인 콘텐츠를 만들고 싶어요. 앞으로 잘 부탁합니다, 재주 씨!

네, 감사합니다.

퇴근 후.

엄마! 나 재주~ 나 회사 다녀. 직원도 많고 엄청 유명한 캐릭터도 있는 회사야! 정직원 됐어!

이제 내 전성기 시작인가 봐요. 엄마 이제 너무 걱정하지 마!

부모님을 뵈러 내려갔다.

정직원 된 기념으로 우리 엄마 아빠 맛난 거 사드려야지.

엄마 아빠, 오늘은 아들이 쏘는 거니깐 많이 드세요~

그래! 우리 재주가 사주니 더 맛있다!!

재주야, 고맙다.

흐~ 행복하다.

그즈음 팀장은
부사장으로 진급을 했다.

감사합니다.
열심히
하겠습니다.

꾸벅-

우리 팀은
제가 챙깁니다.
걱정 마세요.
힘들어도
참아요!!

저를 믿고
따라와주세요!!

아자!

재주 씨 잠시
이야기 좀 하죠.

재주 씨 이제 배경 콘셉트
작업을 하셔야 할 것 같아요.
하실 수 있죠?

네?
배경이요?
해본 적이...

아뇨, 하셔야 돼요. 이것부터 하세요.

레퍼런스 찾아서 해보세요.

**난생 처음 맡아본 일...**

처음이지만 할 수 있지 않을까... 우선 해보자...

으아아아아!!

미치겠네... 이건 구인 할 때 말한 거랑 완전히 다른 업무인데... 하... 스트레스...

**매일매일의 낙오...**

하...

**여전히 낙오 중...**

여기 들어온 게 마냥 기쁘고 좋았는데...

**자리에 앉자마자 터져 나오는 한숨...**

아... 오늘은 어떻게 버텨낼 수 있을까...

하...

인턴을 한 달씩 더 해가면서 얻은 정직원 자리인데...

쓸쓸...

재주 씨 회의실에서 좀 보죠.
-부사장-

띵동~

계약 조건을 좀 바꿉시다.
월급을 작업물 나오는
거에 따라서 지급하는
걸로... 프리 생활도
하셨었으니까.

네?? 계약 조건을
바꾸자는 건가요?
그게 무슨...?

어리둥절

회사 입장에서 좀
그렇잖아요.
제 입장도 난처하고...

생각해보고
말해주세요.

이게 무슨...

정이 뚝 떨어졌다.

이런 소리까지 들으면서 다녀야 하나?

말이 좋아 계약 변경이지...

나가라는 소리 아냐?

아, 이제 좀 괜찮아지나 싶었는데...

전성기는 무슨...

257

더 생각할 것
없어.

내 행복이
최우선이지.
내일 출근해서
이야기하자.

주셨던 제안에 대해
답변 드리려고 하는데요.

벌써요? 역시
시원시원하네요.

그런 제안을 받은
이상 더 다닐 수는
없을 것 같아요.

도움이 안 된다는
뜻이니까요.

259

아... 뭐...

하지만 부사장님이 계약 변경을 요구하신 거니까 권고사직이 되는 게 맞다고 생각해요.

권고사직...
그건
어렵습니다.

흠...

우리 회사는 한창 성장하고 있어요.
그런 회사에 빨간 줄을 긋겠다는 거예요?

스윽

그게 무슨 소리예요. 먼저 계약 조건 변경하자고 말한 건 부사장님이 시잖아요.

됐고! 재주 씨는 지금 회사에 전쟁을 선포한 겁니다!!

두둥!!

이런 게 선포라면 해야죠, 전쟁. ^^

하하핫-

단숨에 전쟁을 일으킨 사람이 되었다.

인사팀과의
면담이 시작되었다.

얘기해주실까요,
재주 님?

하나도 빼놓지 않고
모두 말했다.

... 제가 회사에
빨간 줄을 긋는 거고,
지금 전쟁을 시작한
거라고...

계약 변경은 불법이고, 그뿐만 아니라 전쟁을
운운하며 협박하신 것에 대해 사과를 요구합니다.

아... 왜 이렇게까지
해야 하는 거지?

자기가 한 말에
책임을 지면
되잖아.

각각 인사팀과 면담을 끝내고
삼자대면이 시작되었다.

이렇게 된 이상...

절대 지고 싶지 않다.

자, 그럼
시작하겠습니다.

모든 발언은 녹음됨을
명심하시고 말씀해주시면
되겠습니다.

누가 먼저
해주시겠어요?

**그렇게 처음부터
불공정한 싸움이
시작되었다.**

제가 먼저
할게요.

부사장님이 먼저
제게 계약 변경을
요구했고 이는
불법입니다.

하지만 도움이
안 된다면 회사에
남기보단 사직을
선택하겠다
말했습니다.

그리고 이는 계약 변경 요구에 따른 사직이기 때문에 권고사직 처리를 요청했습니다.

그러자 그건 회사에 빨간 줄을 긋는 것이니 지금 전쟁을 시작하는 거라며 저를 겁주었습니다.

윽

저는 부사장님께 사과를 받고 싶습니다.

이상입니다.

자, 그럼 이번엔 부사장님 발언해주세요.

'이대로 끝나면 어쩌지'
하는 불안함이 들었다.

믿을 곳은
노동청뿐...

노동청에 나의 상황을
이야기했다

안녕하세요~
노동청입니다.

대답을 기다리는 동안
간절히 기도했다.

제발 방법이
있길, 제발...

조송합니다. 녹취하지
않았으면 도움을 드리기
힘듭니다. 안타깝네요.
저희도 증거가 있어야
해서요...

272

너무 갑작스러운
면담이었어요...
근데 어떻게
녹음을 해요.

어리둥절

죄송합니다...

하...

하... 네...
알겠습니다.

아~ 한 번도 도움이
안 되네 정말...

분이 차올랐다.

ㅇㅇㅇ

결국 내가 원하는 건
하나도 얻지 못했다.

하아...

**인사팀과의 최종 면담.**

어서 오세요,
재주 님.

우선 부사장님은 사과를 할 수 없다고 하셨고,
권고사직 형태 역시 가능하지 않을 것 같아요.

그건 좀 곤란하죠...
다른 팀에서 또 열심히
해주셔야...

지금도 도움이
안 된다는데
다른 팀에 가면
다른가요?

오히려 제가 잘하는
업무랑 더 멀어지는 건데...
참 답답하네요...

그래도 걱정 마세요.
저 그만둘 거예요.

버티는 게 무슨
의미가 있겠어요.
어차피 달라질
게 없는데.
그만둘게요.

대신 오늘 그만두고
가겠습니다. 괜찮죠?
더 있을 이유도
없잖아요.

재주 씨, 얘기 좀 하죠. 이쪽으로.

얘기 들었어요. 그만두신다고...

네, 그만두려고요. 그 편이 저에게도 더 나을 것 같네요, 이곳에서는.

음... 아무튼 죄송합니다, 재주 님.

네? 뭐가요?

제가 한 말 때문에 이런 일이 벌어져서 그만두시고...

업무도 처음 이야기했던 거랑 많이 다르게...

하하하-

진짜 미안하면 인사팀 면담 때 잘못을 인정하시고 사과하셨어야죠? 왜 이제 와서 그러세요.

미안한 건 개인적으로 미안하다는 거지...

법적인 잘못을 인정하는 건 아닙니다.

흠...

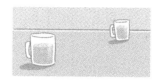

오랜만에 다 같이 모인 자리. "또 그만뒀냐"며 한소리 들었다.
친구들은 대학교 때부터 선배들과 다투더니 이제는 회사도 제대로
다니지 못하는 나에게 쉽게 '사회부적응자'라는 타이틀을 붙였고,
나도 내가 평범한 사람이라고는 생각하지 않았기 때문에 별말 하지
않았다. 하지만 이상한 부분이 있었다. 내가 대학교에서 선배들과
다툰 이유는 말도 안 되는 선후배문화 때문이었고, 직장을 나온 것도
불공정한 계약 때문인데 왜 내가 '사회부적응자'라는 타이틀을 갖게
되는 걸까?

　이번에도 마찬가지다. 힘겹게 인턴 과정을 통과해서 정직원이
되었는데 말도 안 되는 계약 변경 요구를 해 와서 회사를 그만두게
된 것인데도, 어찌 된 영문인지 사람들은 나에게 사회부적응자라는
딱지를 붙였다.

　분명히 내 친구들은 법을 위반한 정치인, 공무원 등을 보고 분노하던
정의롭고 바른 사람들인데, 왜 유독 자신이 속한 그룹 내에서
일어나는 범법 행위와 부조리에 대해선 한마디도 하지 않을까? 왜
오히려 옳은 행동을 한 사람을 이상한 사람 취급할까?

포기하지 않고 끊임없이 찾았기 때문에

지금이 가장 즐거운 생활

웃으면서 살아야 하지 않겠어?

좋은 일은
연달아 찾아왔다.

헐 네이버 베스트
도전 포텐업 됐다!!
장학금 오십만 원!!

포텐업 개편 전 이야기입니다.

꿈꾸던 에세이 책 작업에
포텐업 장학금까지 받다니!!

내 그림을 믿고 갈 수 있을 것 같아.
금전적인 것 아니어도 얻은 게
많으니까 장학금은 기부하자!!ㅎㅎ

왠지 잘 풀릴 것
같은데~ 내 인생.

하지만

아직은 안정을 위해서 직장이 필요해.

불안함을 갖고 무언가를 꾸준히 하긴 어려우니까.

난 이제 오래오래 그리고 싶어. 내 이야기를.

이번에는 급하지 않게 조금 더 찬찬히 구해보자.

빨리 들어가는 것보다 잘 들어가는 게 더 중요해.

잠시 마음을 식히고자
부모님이 계신 대전에 왔다.

엄마 나 그 회사 그만뒀어.
어렵게 인턴 통과했더니
계약 조건을 갑자기 바꾸고...

그런 일이
있었구나,
우리 아들이.

그래서 연락도
잘 안 되고 우리
재주가 힘들었
겠네.

그만두길 잘했다.
마음이 편해야 해.
다 잘 살려고 하는
일인데.

잘했다. 잘했어
우리 재주.

토닥- 토닥-

290

엄마... 역시 엄마는...

와락

**엄마를 만나면 습관적으로 묻는 말.**

엄마 난 나중에 뭐가 될까?

흠, 뭘 하든 마음 편하고 즐거운 걸 해야지.

웃으며 살아야 하지 않겠니! 인생을 말이야!

역시 엄마는 언제나 정답만 말해줘.

물론 직장 생활도 정말 중요하지. 안 중요하다는 게 아니!

하지만 회사원 재주보단 인간 재주로서의 시간이 훨씬 기니까... 초점을 좀 더 인간 재주에 맞추고 싶어.

으으 뭘 해야 인간 재주의 삶을 빛나는 것으로 채울 수 있을까!!

아이고 머리통아...

우선 삶의 균형. 뭐든 균형이 맞아야 꾸준히 도전할 수 있지. 빛나는 인생을 위해!!

철푸덕

왜 맨날 사회 탓, 직장 탓만 해? 다들 그렇게 살아. 그냥 너도 그렇게 살아 이제.

그래, 넌 계속 다녀 그럼. 난 내가 원하는 걸 찾아볼게.

결국 내가 살고 싶은 삶의 방향을 선택하는 거 아냐.

넌 너대로의 삶의 방향을 선택하는 거고.

야, 하고 싶어서 하는 사람이 어디 있냐?

벌컥 벌컥

난 하기 싫어서 안 하는 거야. 그렇게 버티고 싶지도, 또 죽을힘을 다해서 살기도 싫어.

넌 다 그게 그거라고 하지만 난 찾아볼래. 이왕 다니게 된다면 내가 조금은 더 행복할 수 있는 곳으로.

깔깔깔-

개노답이구만.ㅋㅋ 야, 좀 늦게 나처럼 되는 것뿐이야. 돌고 돌아 다시 이곳으로 오겠지. ㅋㅋㅋㅋ

이거나 먹어.

이것도 벌써 2년 전 이야기네.

내 생각은 맞았다.

하고 싶은 일을 꾸준히 하자 기회가 찾아왔다.

바로 『쩜오라이프』가 출간된 것. 내 만화가 책으로 나오다니...

뿌듯-

그때, 그랬다면 어떻게 되었을까?

야, 너 연재하는 거 돈도 안 되는데 이제 그만해. 언제까지 그릴 거야.

빠직-

297

선배님이면 후배한테 말도 안 되는 이유로 기합 줘도 되는 겁니까?

그리고 욕하지 마요. 누구는 욕 못해서 안 합니까? 언제 봤다고 그렇게 막 대하세요?

부들 부들

저 사회부적응자 새끼. 과 분위기 흐리는 새끼. 어디서 이상한 새끼가 하나 들어와서 전통을... 어휴.

...

**사실 이 이야기를 그릴 때 많이 걱정했었다.**

이때가 2003년도니까 15년도 더 지난 이야기인데, 사람들이 공감할 수 있을까?

헐... 이게 뭐야.

15년도 더 지난 이야기에 다들 공감하다니...

공감을 받는 건 좋은데,
그렇다는 건 15년이 지났는데도
이런 대학 문화가 여전
하다는 거 아냐...

띵똥- 띵똥- 띵똥-

선배님, ○○대학
예비군 신고식은
12년도에 없어졌어요.

그리고 남겨진
댓글 한 줄.

이후로도
10년이나 더...
없어진 건
다행이지만...

행복의 기준은
사람마다 다르다.

각자 저마다의 기준에 맞춰 선택을 할 뿐,

누가 더 잘 선택했는가,
무엇이 더 잘한 선택인가, 그런 건 없다.

행복은 자기 기준에 따라 결정되는 거니까.

난 내 행복의 기준을 좇았을 뿐이고,

모두 각자의 행복을 위해 살아간다.

야, 비치 너 잘나간다며?
넌 운이 참 좋은 거 같아~

아니, 하는 거에비해 잘 풀리는 거 보면~
너 그렇게 열심히 안 하잖아.ㅋㅋㅋ

야, 동훈이 아직도 저러네.
나 다음부터 동훈이
나오면 안 나와!

어떤 곳이라....

말해봐〜
OOO, OOO 같은 데
가고 싶은 거야?

아니, 거긴 생각도 안 하지.
그리고 나는 좋은 곳보다
나에게 맞는 곳에
가고 싶어.

우선, 난 연봉보다는 내 시간이 더 중요하고
정직원 계약을 함부로 변경하지 않는 곳? 이 정도?

303

행복을 쌓는 건 계단을 오르는 것과 같으니까.

와... 끝이 없네.

선배에게 잘못된 전통에 대해 이야기한 날.

잘했어.

아... 이제 학교 생활 어떻게 해.

계약문제로 회사와 싸움을 시작한 날.

잘한 일이야.

아... 업계에 소문나면 어떻게 해.

하지만 어렵게 오른 계단을 다시 내려가고 싶진 않았다.

저벅-

저벅-

그래도 내가 계속 오르는 이유.

계속 오르다 보면 밝은 미래가 기다리고 있다는 걸 믿에!!

내 행복을 위해 선택한 퇴사였으니, 주변의 말에는 귀를 닫고 하던 웹툰 작업을 꾸준히 했다. 그러자 처음 일러스트레이터가 되고자 했을 때부터 꿈꿨던 만화 에세이 출간 제안이 들어왔다. 또 네이버 베스트 도전 포텐업(개편 전 제도)에 당선되어 장학금 형식으로 상금도 받게 되었다. 일련의 기쁜 일들 중에서도 가장 큰 수확은 지치지 않고 내가 하고 싶은 이야기를 꾸준히 할 수 있는 힘을 얻었다는 것이었다. 결국 회사를 나와 생활도, 마음도 불안정했던 나의 숨통을 트여준 것은 스스로를 믿고 꾸준히 해온 작업이었다.

여전히 누군가는 나를 보고 '참 답답하다'고 말할 수 있겠지만, 이상하게 나는 왠지 '내 인생 참 잘 풀릴 것 같다'는 확신이 들었다. 엄마는 나에게 항상 이야기하셨다. 한 번뿐인 인생을 웃으면서 살 수 있어야 하지 않겠냐고. 나는 반드시 웃으며 살 수 있는 나만의 즐거운 생활을 찾을 것이다. 끝으로 지금까지 내 이야기에 귀 기울여주신 독자님들께도 우리 끝까지 포기하지 말고, 우리의 행복을 지켜내자는 이야기를 드리고 싶다.

모두 즐거운 생활
하고 계신가요?

이 책은 저의 17년
사회생활을 담은
이야기입니다.

꿈꾸던 것과
너무나도 달랐던 사회.

그 속에서 제일
많이 들은 말은

'다른 사람들처럼 살아'
라는 말이었어요.